Ricardo
Massara
Brasileiro

o burrinho e o é

EDITORAS ASSOCIADAS

Para Josana e Francisco.

o burrinho
não mais do que o burrinho
é o burrinho

o burrinho
não menos do que o burrinho
não é o burrinho

burrinho não é
burrinho não é

porta

o burrinho é um asno

o burrinho é um cavalo

o burrinho é um jumento

o burrinho é uma égua

e é uma anta
uma paca
e uma toupeira

burrinho não é
burrinho não é

portão

mas se o burrinho é um asno
o asno é um burrinho

e se o burrinho é um cavalo
o cavalo é um burrinho

e se o burrinho é um jumento
o jumento é um burrinho

e se o burrinho é uma égua
a égua também é um burrinho

ou será uma burrinha?

e a anta
a paca
e a toupeira
burrinhos ou burrinhas?

o burrinho
não mais do que o burrinho
é o burrinho

o burrinho
não menos do que o burrinho
não é o burrinho

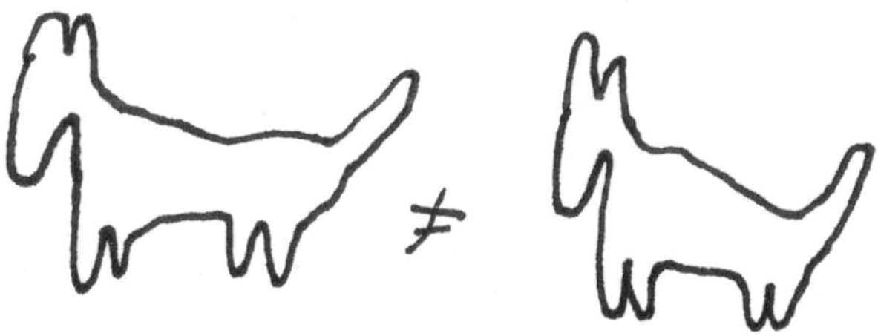

burrinho não é
burrinho não é

porteira

mas se o burrinho é um asno
e o asno é um burrinho

e se o burrinho é um cavalo
e o cavalo, um burrinho

o burrinho é um burrinho
e o asno, um cavalo

e se o burrinho é um jumento
e o jumento é um burrinho

e se o burrinho é uma égua
e a égua, um burrinho ou uma burrinha

o burrinho é um burrinho ou uma burrinha
e o jumento, uma égua

e se o burrinho é uma anta
uma paca
e uma toupeira

e a anta, a paca e a toupeira
burrinhos ou burrinhas

a anta é uma paca
a paca é uma toupeira
e a toupeira é uma anta

e a paca, uma anta
a toupeira, uma paca
e a anta, uma toupeira

e a paca, uma paca
a toupeira, uma toupeira
e a anta, uma anta

e o asno, um jumento
a paca, um cavalo
e a toupeira, uma égua

e o burrinho
não mais do que o burrinho
é o burrinho

e o burrinho
não menos do que o burrinho
não é o burrinho

BURRINHO

passa boi
passa boiada

um burro completo
um burro perfeito
um burro direito
outrora infértil

um jumento inteiro
um jumento animal
meu pote de alfafa primeiro
HI-HO

Autor Ricardo Massara Brasileiro
Projeto Gráfico Ana C. Bahia, Ricardo Massara Brasileiro
Diagramação e Capa Entrecampo
Ilustrações (capas e miolo) Ricardo Massara Brasielro

Catalogação na Publicação (CIP)

Brasileiro, Ricardo Massara
O burrinho e o é / Ricardo Massara Brasileiro ; (ilustrações do autor). – Belo Horizonte, MG : Quixote+ Do Editoras Associadas, 2021

ISBN da obra 978-65-86942-18-7

1. Poesia Brasielira I. Título

21-64937 CDD-B869.1

Bibliotecária Responsável: Cibele Maria Dias - CRB-8/9427

Nesta edição, respeitou-se o Novo Acordo Ortográfico da Língua Portuguesa.

Conselho editorial Alencar Fráguas Perdigão
Editora responsável Luciana Tanure
Editor João Camilo de Oliveira Torres
Assistência editorial Sofia Rossi
Comercial Cláudia Masini
Redes sociais Claudia Brandão e Eduardo Dolabela
Tecnologia de informação Alessandro Guerra

Quixote+Do Editoras Associadas
www.quixote-do.com.br
Rua Fernandes Tourinho, 174
Belo Horizonte, MG, Brasil
Tel: (31) 3227-30-77

Fontes PT Serif e PT Sans
Papéis Polén bold 90g/m2 e Cartão Supremo 240g/m2
Impressão Formato Artes Gráficas

#tudocomeçanalivraria #QuixoteDo2021 #oburrinhoeoé

MISTO
Papel
FSC FSC® C092828

2021
CARBON NEUTRAL
SAVE cerrado